COLLECTION T....

Antiquités

PARIS

1909

MACON, PROTAT FRÈRES, IMPRIMEURS

ANTIQUITÉS

VERRES - TERRES CUITES - BRONZES

BIJOUX, COLLIERS, ETC.

Vente aux Enchères Publiques

A PARIS, HÔTEL DES COMMISSAIRES-PRISEURS, RUE DROUOT, 9.

SALLE N° 10, AU 1er ÉTAGE

Le Lundi 27 Décembre 1909

A DEUX HEURES PRÉCISES

COMMISSAIRE-PRISEUR :

Me ÉMILE BOUDIN

14, RUE DE LA GRANGE-BATELIÈRE

EXPERT :

M. D. PROVADALIEFF

57, RUE DE RICHELIEU

EXPOSITIONS :

Particulière : Chez M. D. PROVADALIEFF, 57, rue de Richelieu, du 22 au 25 Décembre 1909, de 2 à 5 heures.

Publique : A l'hôtel Drouot, salle n° 10, le Dimanche 26 Décembre, de 2 à 6 heures.

PARIS

1909

CONDITIONS DE LA VENTE

La vente sera faite au comptant.

Les acquéreurs paieront dix pour cent en sus des prix d'adjudication.

L'expert se réserve la faculté de réunir ou de diviser les lots.

Il se charge, aux conditions habituelles (5 % sur le chiffre des
adjudications), des commissions qu'on voudra bien lui confier.

L'exposition mettant le public à même de se rendre compte de
l'état et de la nature des objets, il ne sera admis aucune réclamation
une fois l'adjudication prononcée.

ANTIQUITÉS

VERRERIE

1 Grand flacon forme aiguière, à anse coudée ; la panse cerclée de 7 filets.
Irisation argentée. H. 265 mm.

2 Balsamaire sphérique à goulot évasé. Irisation. H. 150 mm.

3 Flacon forme aiguière, à large bouche. Irisation. H. 160 mm. Restauré.

4 Balsamaire piriforme azuré. Irisation argentée. H. 130 mm. Restauré.

5 Flacon piriforme en pâte verdâtre. Irisation. H. 150 mm.

6 Élegante petite aiguière irisée. H. 115 mm.

7 Petite fiole pomiforme. Irisation argentée. H. 65 mm.

8 Bouteille coniforme à long goulot. Trois cercles. Irisation. H. 220 mm.

9 Flacon forme aiguière. Belle irisation argentée. H. 165 mm.

10 Balsamaire piriforme en pâte verdâtre, goulot évasé. Irisation. H. 160
mm.

11 Balsamaire irisé à panse cintrée, goulot cylindrique . H. 120 mm.

12 Aiguière ovoïde à anse coudée. Irisation. H. 205 mm.

13 Fiole coniforme à long goulot. Irisation argentée. H. 100 mm.

14 Flacon forme chandelier. Belle irisation turquoise. H. 110 mm.

15 Balsamaire sphéroïde, fond opale, irisation argentée. Beau reflet violet.
H. 120 mm.

16 Petit godet opale, irisation. H. 35 mm.

17 Tête d'épingle plate en pâte de verre irisé. Sur chaque face une tête. H.
20 mm.

18 Petite fiole irisée, beau reflet vert. H. 35 mm.

19 Flacon forme aiguière en pâte verdâtre. Irisation. H. 130 mm.

20 Coupe bleuâtre irisée. Deux anses cannelées. Diam. 110 mm.

21 Coupe irisée, filet en relief. Diam. 115 mm.

22 Bouton en pâte de verre, décor blanc. Diam. 50 mm.

23 Petite fiole verte irisée. H. 45 mm.

24 Coupe fond jaunâtre, filet en relief. Anse cassée. Diam. 105 mm.

25 Gobelet arabe nacré décoré de filets rouges et d'ornements émaillés polychromes. Pièce très intéressante. Irisation. H. 82 mm.

26 Cornet arabe nacré, décoré de filets et de dessins bruns, de fleurs émaillées et d'inscriptions. Irisation. Pièce très intéressante. H. 150 mm.

27 Cornet arabe nacré, légèrement côtelé. Filets et traces d'ornements bruns.
Irisation. Pièce intéressante. H. 150 mm.

28 Aiguière piriforme verdâtre à anse coudée. Fils agglutinés. Irisation. H.
220 mm.

29 Élégant balsamaire irisé. Fils agglutinés. H. 110 mm.

30 Balsamaire piriforme verdâtre. Irisation. H. 115 mm.

31 Flacon coniforme marbré. Irisation. H. 190 mm.

32 Bol couleur laiteuse. Irisation. H. 80 mm.

33 Godet couleur laiteuse. Irisation. H. 70 mm.

34 Godet blanc laiteux. Irisation. H. 60 mm.

35 Balsamaire piriforme irisé. Reflets mordorés. H. 115 mm.

36 Vase verdâtre côtelé, fils agglutinés. Belle irisation argentée. H. 125
mm

37 Petit godet laiteux. Irisation argentée. H. 45 mm.

38 Bol verdâtre. Irisation métallique. H. 50 mm.

39 Mascaron en pâte de verre. Tête de face, cassée. Irisation bleue.

40 Grand balsamaire cylindrique cerclé de 8 filets ; goulot à double rebord
et large anse coudée. Irisation. H. 180 mm.

41 Bol bleuâtre, 2 filets dont un en creux. Irisation. H. 75 mm.

42 Petite aiguière à anse coudée. Irisation. H. 40 mm.

43 Balsamaire pomiforme côtelé. Fils agglutinés. Irisation. H. 130 mm.

44 Flacon piriforme verdâtre. Irisation. H. 130 mm.

45 Flacon forme aiguière, belle irisation argentée. H. 170 mm.

46 Flacon piriforme à anse coudée. Fond verdâtre, irisation métallique.
H. 140 mm.

47 Alabastre, fond jaune, décoré de stries en noir et blanc. H. 145 mm.

48 Joli flacon piriforme nacré. Fils agglutinés en spirale. Irisation argentée.
H. 130 mm.

49 Gobelet cerclé bleuâtre. Belle irisation argentée. H. 100 mm.

50 Petite fiole grecque côtelée, ornements en relief. Irisation. H. 60 mm.

51 Jolie bouteille bleue marbrée à goulot élancé. Bouche restaurée. Irisation.
H. 150 mm.

52 Balsamaire piriforme nacré. Fils agglutinés en spirale. Restauré. Irisation argentée. H. 125 mm.

53 Flacon forme chandelier. Irisation. H. 125 mm.

54 Bague en pâte violette irisée.

55 Bague en pâte noire, tête de Méduse blanche en relief.

56 Balsamaire pomiforme à anse ténue. Irisation argentée. H. 95 mm.

57 Alabastre phénicien, fond bleu, décoré de barbes de plume. Belle irisation. H. 125 mm.

58 Petite fiole bleue irisée. H. 55 mm.

59 Petite fiole opale. Irisation argentée. H. 55 mm.

60 Flacon à 8 faces concaves s'arrondissant vers le goulot. Belle irisation opaline. H. 110 mm.

61 Jolie coupe azurée, filets en saillie dessinant des cannelures. Belle irisation argentée. Diam. 70 mm.

62 Verre jaune forme aiguière à goulot évasé. Irisation. H. 170 mm.

63 Balsamaire sphérique à goulot droit, la panse cerclée de 4 filets. Irisation. H. 150 mm.

64 Balsamaire verdâtre à panse cintrée portant 7 cercles. Irisation. H. 135 mm.

65 Balsamaire à anse coudée, 6 cercles dont un sur le goulot. Irisation. H. 145 mm.

66 Bouteille ovoïde à long goulot élancé, plusieurs cercles dont un en creux. Irisation. H 205 mm.

67 Bouteille piriforme cerclée, à long goulot, un cercle en creux. Belle irisation. H. 215 mm.

67 *a*. Beau cornet arabe, entouré de cercles et d'inscriptions émaillées en relief. Pièce très rare. Très belle irisation arc-en-ciel. Le pied restauré. H. 135 mm.

67 *b*. Fiole forme alabastre azurée ; belle irisation. H. 135 mm. Lacrymatoires jumeaux, plusieurs fils agglutinés ; belle irisation. H. 120 mm. 2 pièces.

67 *c*. Lot de 4 flacons de formes variées. Irisation.

67 *d*. Grand vase avec son couvercle intact. Irisation verte. Très belle pièce. H. 230 mm.

67 *e*. Un lot de dix verres irisés : bol, chandelier, lacrymatoire, balsamaire, cinq petites fioles et un pied de coupe avec têtes de lion. Intéressant.

TERRES CUITES

68 Amphore, fond noir, ornements et deux personnages debout. H. 180 mm.

69 Œnochoé à bouche trilobée, fond noir ; trois personnages en clair. H. 155 mm.

70 Œnochoé à panse cannelée, fond noir, goulot trilobé (ébréché). H. 180 mm.
71 Lécythe fond noir; ornements et personnage barbu marchant. Restauré. H. 260 mm.
72 Plat: cannelures et médaillon, deux personnages. Diam. 175 mm.
73 2 petits lécythes décorés, ornements variés. H. 115 mm.
74 Petit lécythe fond clair. Femme en marche les bras tendus. Intéressant. H. 120 mm.
75 Aryballe, fond noir. Ornements et amour volant. H. 95 mm.
76 Alabastre, fond treillis, ornements variés. H. 135 mm.
77 Statuette: amour à cheval sur un dauphin. H. 110 mm.
78 Statuette: femme drapée. Tête recollée. H. 140 mm.
79 Femme drapée debout une main sur la hanche. Tête recollée. H. 305 mm.
80 Femme drapée debout dans une pose très gracieuse. Tête recollée, les bras manquent. H. 305 mm.
81 Femme drapée relevant sa robe. Tête recollée. H. 215 mm.
82 Femme assise allaitant. Cassure dans le bas. H. 160 mm.
83 Personnage assis sur un cheval. Cassé. H. 105 mm.
84 Buste de femme portant une couronne tourelée; deux personnages assis. Trois pièces.
85 Coupe décorée d'ornements et de personnages en relief : guerriers combattant. Diam. 120 mm.
86 Urne funéraire noire à panse cannelée. Deux anses en torsade terminées par des masques. Goulot ébréché. Couvercle. H. 41 cent.
86 a. Statuette, femme drapée, traces de peinture rose. H. 155 mm.

BRONZES

87 Groupe de deux comédiens. H. 55 mm.
88 Petit bronze représentant le dieu Mithra sur un taureau. H. 85 mm.
89 Petit amour debout. H. 75 mm.
90 Petite tête en relief. Applique.
91 Petit Hercule, bras cassé. H. 95 mm.
92 Statuette, Vénus dénouant sa sandale. Un pied cassé. L'incrustation des yeux a disparu. Très belle patine. H. 85 mm.
93 Deux fibules, une grande et une petite.
94 Fibule 60 mm.
95 Fibule 68 mm.
96 Trois clefs grecques dont deux cassées.
97 Lot de plusieurs boucles et plaques.

BIJOUX

98 Bague en or, fragment de turquoise.

99 Bague de mariage en or, gravée : ΧΑΡΑ·

100 Bague de mariage en or, plus petite, gravée en pointillé : ΧΑΡΑ·

101 Bague en or, cornaline cassée. En pointillé : ΨΥΧΗ ΓΗΡΙΘΟΣ·

102 Bague en or gravée. Pierre verte. En pointillé : ΨΥΧΗ ΘΑΛΑCCΙΑC·

103 Bague en or, chaton en pâte de verre.

104 Bague en or, cornaline taillée en amande.

105 Bague en or, pierre violette.

106 Bague en or, pierre cassée.

107 Bague en électrum.

108 Fibule en or.

109 Bague en argent, onyx gravé : Sanglier.

110 Bague en argent. Verre bleu monté en or.

111 Chaton de bague en or, pierre rouge.

112 Plaque en or, figure assise en repoussé ; un bouton or et cornaline ; un ornement triangulaire et quatre autres trilobés en or repoussé. 7 pièces.

113 Lot de 79 boucles, plaques et autres ornements en lames d'or uni et repoussé. Décors variés. Onze empreintes de monnaies, dont cinq de Rhescuporis.

113 *a*. Torque en or massif. Torsade avec son agrafe. Poids : 155 gr. Diam. 14 cent.

113 *b*. Paire de boucles d'oreille en or. Camées : têtes de face.

COLLIERS

114 Collier phénicien en pâte de verre : perles polychromes, divers ornements incrustés. Long. 45 cent.

115 Collier en perles de cornaline. Long. 40 cent.

116 Collier barbare en ambre entremêlé de 3 perles et de 5 personnages en bronze. Long. 32 cent.

117 Collier phénicien en pâte de verre. Perles polychromes à décors variés. Long. 46 cent.

118 Collier en terre cuite émaillée. Amulettes et onze personnages. Intéressant. Long. 30 cent.

119 Beau collier formé de cornalines taillées et de 7 petits rouleaux d'or auxquels pendent des rondelles en feuille d'or. Long. 25 cent.

120 Collier en calcédoine, perles de différentes dimensions. Long. 24 cent.

121 Collier formé de perles polyédriques de cornaline entremêlées de perles tubulaires en or. 5 pendentifs triangulaires en or. Long. 23 cent.

122 Joli collier en perles de verre granulées. Plaque de verre décorée d'un personnage en relief. Le tout doré. Long. 255 mm.

123 Collier phénicien en pâte de verre. Perles décorées entremêlées de 7 pendeloques triangulaires, et de 3 masques. Intéressant. Long. 27 cent.

124 Joli collier en perles de cornalines séparées trois par trois par des petits tubes d'or. Pendentif en cornaline : tête de nègre. Long. 22 cent.

125 Très beau collier en terre émaillée, formé de petites perles et de 21 personnages divers. Long. 48 cent.

126 Collier en perles d'or, cornalines taillées et émeraudes. Long. 13 cent.

127 Collier phénicien en pâte de verre. Perles lenticulaires et boules incrustées. Traces de dorure. Long. 31 cent.

128 Collier en verre irisé. Perles rondes et tubulaires. Pendeloque. Long. 34 cent.

129 Collier en perles de verre dorées. Sur celle du milieu une figure en relief. Long. 36 cent.

130 Collier combiné : perles en pâte de verre polychrome olives cannelées en pâte bleue, pendentifs en ambre noir, mosaïque. Long. 31 cent.

131 Collier formé de perles tubulaires d'or et d'un pendentif de jaspe. Long. 14 cent.

132 Collier en perles de cornalines, rondes et cylindriques. Long. 19 cent.

133 Collier en pâte de verre phénicien. Perles polychromes, décors variés. Long. 39 cent.

134 Collier en perles de verre bleu. Pendentif : homme debout. Long. 18 cent.

135 Collier formé de petites perles de verre multicolore. Long. 41 cent.

136 Beau collier en perles polychromes de verre irisé. 7 pendentifs. Irisation argentée. Long. 33 cent.

137 Collier barbare : perles en cornaline, 7 pendentifs en lapis lazuli et un anneau en argent. Long. 47 cent.

138 Collier en terre cuite émaillée. Petites perles entremêlées d'amulettes diverses, personnages et animaux. Long. 40 cent.

139 Collier en perles de cornaline de formes et dimensions variées. Pendeloques et amulettes diverses. Long. 23 cent.

140 Collier phénicien en pâte de verre. Perles polychromes rondes et cylindriques, décors variés. Irisation. Long. 45 cent.

141 Collier en cornalines taillées ; un prisme. Long. 29 cent.

142 Collier combiné : cornaline, ambre et verre irisé. Osselets et pendentifs divers. Long. 59 cent.

143 Collier en pâte de verre multicolore. Décors variés. Irisation. Long. 33 cent.

144 Collier en terre cuite émaillée. Petites perles bleues et diverses amulettes, osselets, animaux, mains et c... Long. 24 cent.

145 Collier en pâte de verre phénicien. Perles polychromes incrustées. Long. 44 cent.

146 Collier en perles de verre doré. Pendeloques et deux scarabées. Long. 26 cent.

147 Collier formé de perles lenticulaires en pâte de verre irisé. Long. 28 cent.

148 Collier en verre jaune. Pendentifs et médaillon portant un lion en relief. Irisation. Long. 36 cent.

149 Collier en terre cuite émaillée. Perles et rosaces. 8 amulettes : tortues, mouche, grenouille, oiseau. Médaillon. Long. 23 cent.

150 Collier de cornalines taillées à facettes de diverses grandeurs. Long. 36 cent.

151 Collier en pâte de verre, formé de perles multicolores décorées et de cylindres dont un sculpté. Irisation. Long. 46 cent.

152 Collier formé de petits tubes et de 10 rondelles en feuille d'or. Long. 17 cent.

153 Beau collier en terre cuite émaillée. Pendentifs : 8 urnes et 7 médaillons, têtes en relief. Long. 29 cent.

154 Collier de perles de verre irisé. Médaillon : tête de Méduse, mosaïque. Long. 18 cent.

155 Joli collier en perles de cornaline séparées, 3 par 3, par des olives en or. Long. 34 cent.

156 Collier en perles lenticulaires de verre bleu. Médaillon à deux faces : tête de Pan. Long. 35 cent.

157 Joli collier en perles d'agate de formes diverses, reliées par des perles rondes et tubulaires en or. Long. 29 cent.

158 Collier en pâte de verre. Perles polychromes incrustées. Irisation. Long. 28 cent.

159 Joli collier en or, sardonyx et cristal de roche. 5 scarabées. Long. 165 mm.

160 Collier en perles de verre bleu irisé. Pendentif : tête. Long. 18 cent.

161 Collier or et cornaline. Long. 10 cent.

162 Beau collier formé de perles de calcédoine de dimensions variées, de perles d'or filigranées dont une à jour et 2 petites olives d'or. Long. 21 cent.

163 Joli collier en perles tubulaires d'or. Un pendentif triangulaire en lapis lazuli, 4 pendentifs en or et 4 pierres dures montées en or. Long. 17 cent.

164 Collier de perles de verre bleu. Pendentif: figure debout. Long. 165 mm.

165 Collier en perles de cornaline entremêlées d'olives côtelées en or. Pendentif: grenouille. Très intéressant. Long. 40 cent.

166 Collier gothique en cristal de roche taillé. Long. 20 cent.

167 Collier indo-scythe en ambre et bronze. Pendentifs: 2 personnages en bronze et une médaille dorée de Kanerkès. Long. 30 cent.

168 Collier en perles de verre doré et irisé entremêlées d'amulettes et de pendeloques pointues. Long. 26 cent.

169 Collier en ambre noir taillé et en perles de verres décorées en mosaïque. Sur la plus grosse: fleurs, damiers et 3 têtes. Long. 26 cent.

170 Beau collier en perles d'or alternant avec des perles en grenat de Syrie. Long. 24 cent.

171 Collier en terre cuite émaillée. Perles cannelées et 8 lions couchés. Très intéressant. Long. 36 cent.

172 Collier en sardonyx taillé. Long. 39 cent.

173 Grand collier en pâte de verre. Perles et pendentifs incrustés. 1 cylindre gravé en lapis lazuli. Long. 84 cent.

174 Collier scythe en coquilles blanches. Long. 22 cent.

175 Collier en sardonyx. Long. 30 cent.

176 Collier en terre cuite émaillée. Perles cannelées. Pendentifs: mains. Long. 38 cent.

177 Collier en sardonyx, perles rondes. Long. 31 cent.

178 Collier barbare: ambre, terre cuite, verre et os. — 2 pigeons en terre cuite. Long. 48 cent.

179 Collier en terre émaillée. Perles cannelées. Long. 48 cent.

180 Collier en pâte de verre. Incrustations. Long. 49 cent.

181 Collier en perles de verre polychrome. Tête et amulettes diverses en ambre. Long. 23 cent.

182 Collier en terre émaillée, pendentif en ambre. Long. 62 cent.

183 Collier en pâte de verre, incrustations. Long. 42 cent.

184 Collier en pâte rouge brique. Long. 51 cent.

185 Collier en pâte de verre, incrustations. Grosse boule restaurée. Long. 29 cent.

186 Collier en verre irisé. Quelques perles dorées. Long. 35 cent.

187 Collier en pâte de verre, incrustations. Long. 31 cent.

188 Collier formé de rondelles d'ambre. Long. 55 cent.

189 Collier phénicien en pâte de verre. Décor mosaïque. Long. 35 cent.

190 Collier en perles de cristal de roche. Long. 31 cent.
191 Collier en terre cuite émaillée. Pendeloques et phallus. Long. 34 cent.
192 Collier phénicien en pâte de verre. Incrustations. Long. 39 cent.
193 Collier en terre cuite émaillée. Perles et onze scarabées avec inscriptions. Long. 24 cent.
194 Collier en sardonyx. Long. 19 cent.
195 Collier en perles de verre doré. Deux masques en terre cuite, amulettes, personnages et animaux. Long. 26 cent.
196 Collier en verre, perles jaunes. Long. 26 cent.
197 Collier en pâte de verre décoré. Long. 43 cent.
198 Collier en ambre et bronze. Pendentif: boule à jour, personnages, oiseaux. Long. 34 cent.
199 Collier en verre irisé. Long. 33 cent.
200 Collier en ambre noir taillé. Long. 29 cent.
201 Collier en sardonyx. Perles polyédriques. Long. 38 cent.
202 Collier en pâte de verre. Rondelles polychromes, décorées en spirale. Long. 23 cent.
203 Collier phénicien, perles décorées. Irisation. Long. 38 cent.
204 Collier barbare : ambre, terre cuite, verre et coquilles, Personnage et grand os. Long. 46 cent.
205 Collier en sardonyx. Long. 23 cent.
206 Collier en terre cuite. Pendeloques et massue. Long. 45 cent.
207 Collier en calcédoine et sardonyx. Pendentif en agate. Long. 26 cent.
208 Collier en pâte de verre polychrome. Décors variés. Long. 32 cent.
209 Collier en pâte de verre. Perles cannelées et petites torsades. Long. 67 cent.
210 Collier en ambre et verre. Médaillon, personnages et amulettes diverses en bronze. Long. 33 cent.
211 Collier en perles de verre rouge brique. Long. 48 cent.
212 Collier en verre irisé. Traces de dorure. Long. 26 cent.
213 Joli collier en verre irisé. Pendeloques de formes diverses. Long. 16 cent.
214 Collier en verre irisé. Perles granulées et prisme rectangulaire. Traces de dorure. Long. 25 cent.
215 Collier en verre rouge irisé. Amulettes diverses. Long. 23 cent.
216 Collier en perles cylindriques de verre blanc. Long. 33 cent.
217 Collier en ambre, perles plates. Long. 27 cent.
218 Collier en verre bleu irisé. Perles lenticulaires et cylindre décoré. Long. 22 cent.
219 Collier en plâtre. Perles de diverses formes. Long. 22 cent.

IVOIRE ET OS

220 Lot de plusieurs fragments ornementés.
221 Autre lot de fragments analogues.

MACON, PROTAT FRÈRES, IMPRIMEURS

RED. :

22

graphiccm

0 1 2 3 4 5 6 7 8 9 10